UNIVERSOS PARALELOS

EDITORA C/ARTE

EDITOR
Fernando Pedro da Silva

COORDENAÇÃO EDITORIAL
Fernando Pedro da Silva
Marília Andrés Ribeiro

CONSELHO EDITORIAL
João Diniz
Lígia Maria Leite Pereira
Lucia Gouvêa Pimentel
Maria Auxiliadora de Faria
Marília Andrés Ribeiro
Marília Novaes da Mata Machado
Otávio Soares Dulci
Vera Casa Nova

REVISÃO
Alexandre Vasconcellos de Melo

PROJETO GRÁFICO E CAPA
Rafael Chimicatti

IMAGEM DA CAPA
Fotografia de Marie-Jo Butor

Todos os direitos reservados. Proibida a reprodução, armazenamento ou transmissão de partes deste livro, através de quaisquer meios, sem a prévia autorização por escrito da Editora.

Direitos exclusivos desta edição:
Editora C/Arte
Av. Guarapari, 464
Cep 31560-300 - Belo Horizonte - MG
PABX: (31) 3491-2001
com.arte@comartevirtual.com.br
www.comarte.com

B987u   Butor, Michel, 1926-
           Universos paralelos: uma viagem fotoliterária de Michel e Marie-Jo Butor/ Michel Butor; fotografia de Marie-Jo Butor e texto de Michel Butor; organização de Márcia Arbex; tradução do francês de Márcia Arbex; Maria Juliana Gambogi Teixeira e Yolanda Vilela; coordenação editorial de Fernando Pedro da Silva e Marília Andrés Ribeiro. Belo Horizonte : C/Arte, 2011.

           84 p. 20,5 x 20,5 cm, il. colorido
           ISBN: 978-85-7654-116-5
           Tradutoras ligadas à UFMG, CNPq e Fapemig

           1. Fotoliteratura 2. Literatura Francesa. 3. Fotografia. 4. Butor, Marie-Jo, 1932. I.- Arbex, Márcia. 1962-. II. Ribeiro, Marília Andrés. III. Silva, Fernando Pedro - IV. Série. V. Título.

                                       CDD: 840
                                       CDU: 82:77

UNIVERSOS
PARALELOS

Uma viagem fotoliterária de Michel e Marie-Jo Butor

ORGANIZAÇÃO
Márcia Arbex

TRADUÇÃO
Márcia Arbex
Maria Juliana Gambogi Teixeira
Yolanda Vilela

Editora C/ Arte

Belo Horizonte | 2011

À Marie-Jo Butor
in memoriam

Sumário

Apresentação
Um livro de diálogo 7
Márcia Arbex

Prefácio
Uma história de amor 9
Roger-Michel Allemand

Universos paralelos 13
Fotografias de Marie-Jo Butor e textos de Michel Butor

Nós olhávamos juntos 63
Entrevista de Myriam Villain com Michel Butor sobre Marie-Jo e a fotografia

Bibliografia selecionada 81

Um livro de diálogo

Este é um livro de diálogo, resultado do desejo de compartilhar que caracteriza todo trabalho de colaboração.

Em sua origem, diálogo afetivo, artístico, entre Michel e Marie-Jo Butor; mas também diálogo entre o escritor e a fotógrafa, por meio do texto e da imagem que formam um conjunto fotoliterário único. Diálogo, ainda, entre os ensaios que o compõem, entre os autores dos artigos e as tradutoras, e de todos eles com a obra artística. Enfim, diálogo com os editores e os profissionais que realizaram este objeto que temos hoje em mãos, reiterando a afirmação de Michel Butor, de que "todo livro, qualquer que seja, é sempre um trabalho de colaboração", sendo o trabalho do escritor "uma intervenção pontual dentro de um imenso sistema que implica sempre centenas de colaboradores".[1]

Sabemos que Michel Butor dialoga constantemente com os artistas e com a arte – pintura, música, fotografia, gravura, vídeo e a própria literatura. Que o pratica em seu sentido mais concreto, o mais pleno, de conversação, escuta do outro, *tête à tête*. Para ele, "a arte está no interior da alteridade. Ela visa a estabelecer aí alguma fraternidade".[2] Nas obras aqui apresentadas essa fraternidade adquire um sentido especial, pois se desdobra em "história de amor", como sublinha o título do Prefácio de Roger-Michel Allemand. Uma história em que a viagem da escrita se mescla ao percurso geográfico, o deslocamento do olhar se acompanha do gesto manuscrito, "poemas-pinturas" que pudemos ver e ler na exposição *Michel e Marie-Jo Butor: universos paralelos*, realizada no Centro de Cultura Belo Horizonte, com curadoria de Myriam Villain e concepção visual de Philippe Enrico, no âmbito das manifestações culturais do Colóquio Internacional "O Universo Butor", realizado na Universidade Federal de Minas Gerais de 24 a 27 de outubro de 2011.

---

1 BUTOR, Michel. Livres d'artistes. In: ____. *Œuvres complètes*. v. X: Recherches. Paris: Éditions de la Différence, 2009. p. 268-269.

2 BUTOR, Michel. *Michel Butor. Rencontre avec Roger-Michel Allemand*. Paris: Argol, 2009. p. 173. No original: "L'art est à l'intérieur de l'altérité. Il vise à y établir quelque fraternité."

A entrevista concedida por Michel Butor a Myriam Villain, "Nós olhávamos juntos" – que sucede à apresentação das 24 imagens deste livro acompanhadas das traduções dos textos de Michel Butor –, revela ao leitor a relação de Marie-Jo à fotografia, o lugar que ali ocupa o escritor e, sobretudo, como se dá a apropriação pela escrita das imagens captadas pela fotógrafa. Revela ainda ao leitor a reflexão do escritor, ele também fotógrafo durante certo tempo, sobre o ato fotográfico em sua relação com a literatura, bem como sobre os trabalhos que realizou com outros artistas, sejam eles pintores ou fotógrafos.

Da descrição dos lugares à inscrição da palavra, à margem, descortina-se toda a poética da fotografia, ou seja, a percepção de que aquilo que a "fotografia nos dá é uma possibilidade bem nova de estudar a própria aparição da escrita em relação ao resto da realidade".[3]

Se o desejo compartilhado é o que caracteriza o "livro de diálogo",[4] podemos certamente afirmar que é esse o traço que reúne todos aqueles que contribuíram à realização deste livro-catálogo. Que o leitor-espectador se sinta, ele também, convidado a compartilhar conosco esse desejo.

Márcia Arbex
Universidade Federal de Minas Gerais/CNPq/Fapemig

---

3 BUTOR, Michel. Poésie et photographie. In: ____. *Œuvres complètes*. v. X: Recherches. Paris: Éditions de la Différence, 2009, p. 1.166. No original: "Ce que la photographie nous donne, c'est une possibilité toute neuve d'étudier l'apparition même de l'écrit par rapport au reste de la réalité."
4 PEYRÉ, Yves. *Peinture et poésie*. Paris: Gallimard, 2001. p. 59.

Uma história de amor

Michel Butor fotografou durante pouco mais de dez anos. Tudo começou com um arrependimento: por não ter uma máquina, não fotografou o Egito durante o ano em que ali ensinou (1950-1951). De volta à França, comprou uma Semflex e começou a fotografar, inicialmente Paris, depois a Inglaterra e a Bacia Mediterrânea, enfim os Estados Unidos. Sua descoberta da América, decisiva, em 1960, foi o detonador que o fez abandonar o romance em prol de um Novo Mundo literário – inaugurado por *Mobile* (1962). No mesmo momento, deixou de lado a prática fotográfica, por razões obscuras, mas que, certamente, não se reduzem a uma simples coincidência: "Eu ainda fotografei durante um ou dois anos, mas não consigo encontrar os negativos. Por que Paris? Certamente porque comecei a escrever textos para fotógrafos."[1] Com efeito, após ter cessado de exercer ele próprio o ofício, Michel Butor viveu "em meio aos fotógrafos", a ponto de afirmar que "a visão deles favorecia consideravelmente a sua".[2] Dentre eles, sua esposa ocupa, sem dúvida, um lugar à parte.

Marie-Jo Butor (1932-2010) estudou puericultura antes de vir a trabalhar na Escola Internacional de Genebra, onde assistia aos cursos de Filosofia ministrados por Butor. Acontece o encontro, surge o afeto. Eles se casam em 1958. Dessa união, nascem quatro filhas. Em 1989, com as filhas já adultas, Marie-Jo acompanha seu marido em seus périplos internacionais; no Japão, ela é presenteada com um aparelho de qualidade superior ao que então dispunha e que usava em eventos familiares. A partir desse momento,[3] autodidata, ela aprimora toda a delicadeza e acuidade de seu olhar, ao sabor das *escalas visuais*, que, doravante, pontuarão a vida do casal.[4] Dotada de um grande senso do enquadramento, ela

---

[1] BUTOR, Michel. *Archipel de lucarnes*. Neuchâtel: Ides et Calendes, 2002. p. 77.

[2] BUTOR, Michel. Souvenirs photographiques. Un viseur dans la tête. In: ____. *Œuvres complètes*. Paris: La Différence, 2009. t. X. p. 1.177.

[3] Ver "Cent instants japonais photographiés par Marie-Jo Butor", em Bruna Donatelli (Éd.). *Bianco e Nero, Nero su bianco*: tra fotografia e scrittura. Nápoles: Ligúria, 2005.

[4] Ver "Michel Butor et Marie-Jo Butor: 56 photographies. Le voyage de l'écriture", no catálogo *Michel Butor dialogue avec les arts*, Le Pont des Arts, 2006. p. 15-21.

captura paisagens e cenas da vida cotidiana e produz uma grande quantidade de retratos, os quais aproximam sua obra da fotografia humanista. Ou melhor, não; ela não as captura. Pois sua obra aproxima-se da definição proposta pelo amigo Roland Barthes para o desprendimento Zen, nomeando-a "não querer capturar", o que consiste em "tomar essa decisão de não capturar o outro": "de um lado, não me oponho ao mundo sensível, deixo circular em mim o desejo; de outro, eu o apoio em 'minha verdade': minha verdade é amar absolutamente."[5]

De fato, é uma questão de amor. Juntos, Michel e Marie-Jo *obraram* por duas décadas, sem qualquer intrusão de parte a outra. Sua cumplicidade deu origem, assim, a uma progenitura, nesse caso fotoliterária, na qual se imprimem os encantamentos partilhados e as curiosidades comuns. Diversas realizações, exposições e obras atestam sua fecundidade: *Dialogue avec Arthur Rimbaud sur l'itinéraire d'Addis-Abeba à Harar* (2001) e *Rétroviseur* (2007) são os mais conhecidos.

Em 2008, ano de suas bodas de ouro, são presenteados pelas filhas com 15 dias de férias "no triângulo Deli, Jaipur, Agra", "um luxo com vista para a miséria ambiente".[6] Michel e Marie-Jo aproveitam, como de hábito, para irem ao encontro de seus irmãos e irmãs em humanidade. É parte das fotografias dessas escapadas que tivemos o prazer de apresentar ao público brasileiro na exposição *Michel e Marie-Jo Butor: universos paralelos,* que se tornou ainda mais emocionante por ser uma homenagem póstuma à fotógrafa e por estar repleta da compaixão do escritor: "Estou muito longe de ter digerido essa viagem; isto ainda vai me tomar alguns meses. As fotografias de Marie-Jo me ajudarão muito. Ampliaremos algumas, para as quais vou redigir legendas. É dessa forma que conseguirei falar um pouco disso."[7] Tudo está na beleza do olho que foca, no travo da garganta de quem escreve, no fora do quadro daquele que não vemos ou que não se mostra. A sensibilidade torna-se estética, o pudor toma ares de poesia, às vezes de humor, ao mesmo tempo que a imagem e o texto, conjuntamente, convidam o espectador-leitor a entrar num "*hors-champ* dinâmico,

---

5 BARTHES. Fragments d'un discours amoureux. In:____. *Œuvres complètes*. Paris: Seuil, 1995. t. III. p. 677.
6 Michel Butor para Roger-Michel Allemand, *The French Review*, v. 83, n. 3, p. 534-535, fév. 2010.
7 *Ibid.*, p. 535.

além e aquém do instantâneo",[8] onde se possa, ao mesmo tempo, reconstituir e criar um contínuo em três níveis: ótico (pela escolha do enquadramento ou das cores), descritivo (pelos temas e detalhes comentados), narrativo (pelos germes de tinta que o autor espalha). Um apelo é lançado às faculdades da imaginação, às potências da invenção – e, em definitivo, à energia da ficção – a fim de, muito simplesmente, revelar outra coisa.

E tudo parte do real, através da objetiva que abre janelas hospitaleiras sobre os homens e seus modos de vida. O interesse de Marie-Jo pelas paisagens faz eco ao de Michel, que consagrou livros aos *génies des lieux* [gênios dos lugares]. A fotógrafa, aqui, conduz seu olhar em duas direções: elementos notáveis da arquitetura monumental – edifícios religiosos e prédios do patrimônio – e os espaços da existência ordinária – praças, ruas, passagens ou ainda mansões. Ora ela sublinha a beleza das linhas das construções, ora destaca o contraste entre seu caráter efêmero, a decrepitude em curso e a vida intensa que anima seus habitantes e transeuntes. Com Marie-Jo Butor, a topofotografia jamais se dissocia de sua dimensão humana, sempre popular, colocando a questão do trânsito e da contemplação, do movimento e da imobilidade, encarnados pelas figuras da criança e do idoso *in situ*, qual duas faces de um mesmo real. *Samsara bifrons* que vem transfigurar a elevação do amor.

Roger-Michel Allemand
Université du Sud-Toulon-Var
Projet PHLIT

Tradução
Maria Juliana Gambogi Teixeira
Universidade Federal de Minas Gerais

---

[8] Nos termos de Myriam Villain, em "Nós olhávamos juntos", neste livro, p. 63.

UNIVERSOS
PARALELOS

FOTOGRAFIAS Marie-Jo Butor
TEXTOS Michel Butor

Tradução
Márcia Arbex
UFMG/ CNPq/ Fapemig

INDE 2008

AMBER CASTLE

Depuis les tours de son palais, le rajah qui revenait régulièrement de Jaipur sa nouvelle capitale, pour renforcer ses liens familiaux avec Shila Devi, avatar de Kali, forme effrayante de Parvati, l'épouse de Shiva, transformateur des mondes, contemplait une sorte d'immense cratère, image prémonitoire d'une destruction générale, nimbé de son enceinte comme d'un halo menaçant, avec d'un côté l'immense réservoir d'eau avec son île-oasis, jardin pour la culture du safran, et de l'autre sa ville bourdonnante de serviteurs, dont il ne reste que le noyau avec ses hôtels particuliers et ses temples, ses éléphants et ses bazars, entourés des vestiges de ses élégants faubourgs où l'on s'aménage ses recoins, avec çà et là des terrasses d'où l'on peut s'interpeller.

Das torres de seu palácio, o rajá, que retornava regularmente de Jaipur, a nova capital, para reforçar os laços familiares com Shila Devi – avatar de Kali, forma assustadora de Parvati, a esposa de Shiva, transformador dos mundos –, contemplava uma espécie de imensa cratera, imagem premonitória de uma destruição geral, aureolada de sua muralha como se fosse um halo ameaçador, tendo, de um lado, o imenso reservatório de água com sua ilha-oásis, jardim reservado à cultura do açafrão e, de outro, a cidade zumbindo de servidores, da qual resta apenas o centro com suas mansões e seus templos, elefantes e bazares, cercado das vertigens de elegantes subúrbios onde cada um cria o seu próprio canto, com terraços aqui e acolá de onde podem conversar uns com os outros.

Antigamente eram os palácios dos importantes dignitários que subiam majestosamente nas costas de elefantes pintados de flores e rosáceas para fazer a corte ao rajá instalado em meio a colunas vertiginosas, bem protegido pela grande muralha que sobe até as montanhas, tal a da China, escandida de torres de guarnição com uma vista definitiva dos arredores. Hoje, estão ocupados pelas famílias diversamente miseráveis que nada podem contra sua deterioração. Seria preciso restaurar tudo isso, naturalmente, e não são os projetos que faltam! Mas há tantas ruínas suntuosas e veneráveis que os governos e mesmo as redes hoteleiras não podem fazer tudo de uma só vez.

INDE 2008

AMBER CASTLE — Autrefois c'étaient les palais des grands dignitaires qui montaient majestueusement à dos d'éléphants peints, de fleurs et rosaces, faire leur cour au rajah dans ses colonnades vertigineuses, bien en sécurité au milieu de la grande enceinte escaladant les montagnes, telle une muraille de Chine, scandée de tours de garnisons avec une imprenable sur les alentours. Aujourd'hui c'est occupé par des familles diversement misérables qui ne peuvent rien contre le délabrement. Il faudrait bien sûr restaurer tout cela, et ce ne sont pas les projets qui manquent ! mais il y a tant de ruines somptueuses et vénérables que les gouvernements et même les chaînes hôtelières ne peuvent agir qu'au coup par coup.

INDE 2008

DELHI La mosquée est si grande qu'elle semble vide, et pourtant par les trois portes passent constamment des centaines de personnes. Elle peut en contenir 20 000 pour la prière du vendredi. Avant l'amplification électrique des répétiteurs transmettaient la récitation principale et les sermons la commentant. De larges espaces restent libres pour les pigeons que les enfants s'amusent à nourrir et faire envoler. Ils s'en vont tournoyer quelque temps, puis reviennent assurés de trouver la provende, et la plupart du temps tranquillité et abri dans les niches des portes altières. Tout autour les galeries donnent sur les frondaisons des collines, au-delà des toits et terrasses des quartiers environnants.

A mesquita é tão grande que parece vazia, e, contudo, pelas três portas passam constantemente centenas de pessoas. Ela pode abrigar vinte mil para a prece da sexta-feira. Antes dos amplificadores elétricos, assistentes transmitiam a recitação principal e os sermões que a comentavam. Amplos espaços são deixados livres para os pombos, que as crianças se divertem em alimentar e fazer voar. Eles partem rodopiando algum tempo, em seguida voltam certos de encontrar provisões e, na maior parte do tempo, a tranquilidade e o abrigo dos nichos das portas imponentes. Em todo redor, galerias dão para a folhagem das colinas, para além dos telhados e terraços dos bairros vizinhos.

É o maior quadrante solar jamais construído. Quando olhamos do ponto mais baixo da inclinação, a estrela polar aparece nas noites de equinócio emoldurada pelo pequeno pavilhão superior. Temos a impressão de uma rampa de lançamento para uma astronave imaginada por alguma civilização perdida numa História paralela. As janelas lanceoladas que se abrem na parede do gnômon, também fazem pensar em um aqueduto pelo qual escorreriam as bênçãos e as influências celestes. No primeiro plano, o modelo de bronze que serviu para a construção. O rajá Jai Singh II era apaixonado por precisão. Ele queria conhecer o segredo dos céus e dos deuses. Infelizmente para ele a distância percorrida pela sombra multiplica os fenômenos de difração e a nebulosidade de sua borda. As medidas se revelam menos precisas que as de um quadrante menor.

INDE 2008

JAIPUR   C'est le plus grand cadran solaire jamais construit. Lorsqu'on est en bas de sa pente, l'étoile polaire apparaît aux nuits d'équinoxe encadrée par le petit pavillon supérieur. On a l'impression d'une rampe de lancement pour un astronef imaginé par quelque civilisation perdue dans une Histoire parallèle. Les fenêtres lancéolées qui percent le mur du gnomon, font aussi penser à un aqueduc par lequel ruisselleraient les bénédictions et les influences célestes. Au premier plan le modèle de bronze qui servit pour l'édification. Le rajah Jai Singh 2 rêvait de précision. Il voulait être dans le secret des cieux et des dieux. Malheureusement pour lui la distance parcourue par l'ombre multiplie les phénomènes de diffraction et la nébulosité de son bord. Les mesures se révélèrent moins fines que celles d'un cadran plus petit.

INDE 2008

KEOLADEO GHANA

L'image est renversée. La véritable spatule est en bas. L'autre est son reflet. Le bleu d'en-haut n'est pas celui du ciel, mais celui de l'eau ; il est vrai que c'est quand même celui du ciel renversé. Les masses vertes au premier plan ne sont pas des algues tourboyantes, mais des branches d'arbre penchantes. Celles d'en haut, couleur d'automne — en réalité on est en hiver —, qui semblent pendre, se trouvent en fait devant la rivière. On pourrait aussi interpréter le bleu comme un immense plan d'eau qui monterait jusqu'à un invisible horizon très lointain, le vert, non comme un arbre, mais comme le reflet d'un autre arbre encore qui serait dans une île au-delà du chenal. De l'autre côté du miroir les perspectives se ramifient et la lumière du soir nous emmène dans sa valse lente.

A imagem está invertida. A verdadeira espátula está em baixo. A outra é seu reflexo. O azul da parte de cima não é o do céu, mas sim o da água. De fato, ainda assim é o do céu, invertido. As massas verdes do primeiro plano não são algas ondulantes, mas ramos suspensos de árvores. As de cima, cor de outono – na verdade estamos no inverno –, que parecem cair, de fato elevam-se diante do rio. Poderíamos também interpretar o azul como uma imensa superfície de água que subiria até um horizonte invisível muito distante, o verde, não como uma árvore, mas como o reflexo de ainda outra árvore que estaria numa ilha, para além do cavalo. Do outro lado do espelho, as perspectivas se ramificam e a luz do anoitecer nos leva em sua valsa lenta.

O táxi nos conduz até o estacionamento à entrada da reserva. Ao chegarmos, subimos num ônibus que nos deixa em outro estacionamento onde a atmosfera é bem diferente. Após o tumulto da cidade e da estrada, somos como inundados por um silêncio fremente de ruídos naturais. Os mais corajosos continuam a pé. Nós precisamos de um *tuk-tuk*. Um guia naturalista nos acompanha de bicicleta, munido de binóculos, que nos empresta de vez em quando. Sozinhos nós teríamos perdido a maior parte dos pássaros. Cada vez mais água de cada lado do caminho; as aberturas entre os ramos sobre grandes superfícies tranquilas às quais a vegetação colore com todo tipo de matizes. Pensamos nas *Ninfeias* de Claude Monet, mas em outra gama de tons, mais escura, mais metálica. Ao mesmo tempo mais habitada, pois as aves migratórias sentem-se à vontade ali e não temem os observadores. É a grande mesquita dos pássaros.

INDE 2008

KEOLADEO GHANA — Le taxi nous amène jusqu'au parking à l'entrée de la réserve. Là nous montons dans un bus qui nous dépose dans un autre parking où l'atmosphère est déjà toute différente. Après le charivari de la ville et de la grand route, on est comme inondé par un silence frétillant de bruits naturels. Les plus courageux continuent à pied. Nous avons besoin d'un cyclopousse. Un guide naturaliste nous accompagne à bicyclette, muni de ses jumelles qu'il nous propose de temps en temps. Seuls nous aurions manqué la plupart des oiseaux. De plus en plus d'eau de chaque côté du sentier; des échappées entre les branches sur de grandes nappes tranquilles auxquelles la végétation donne toutes sortes de couleurs. On pense aux <u>Nymphéas</u> de Claude Monet, mais dans une gamme tout autre, plus sombre, plus métallique. En même temps plus habité, car les migrateurs s'y sentent à l'aise et ne craignent pas les observateurs. C'est la grande mosquée des oiseaux.

INDE 2008

KESROLI — Les plaines du Rajasthan surveillées par leurs forteresses-palais sont couvertes l'hiver de champs de moutarde, qui vont bientôt fleurir d'un jaune un peu plus acide que celui du colza. On l'utilise non seulement pour le condiment, mais pour faire de l'huile et surtout du fourrage avec les feuilles. Si les vaches à bosse, les zébus efflanqués traînent partout sans appartenir à personne, se débrouillant comme elles peuvent, tranquilles mais misérables dans leur impunité, les bufflesses qui produisent beaucoup de lait ont des propriétaires qui les attachent et les nourrissent. Aussi naturellement les chevaux et les ânes. Pour les porcs les ordures, pour les chèvres les buissons.

As planícies do Rajasthan protegidas por suas fortalezas-palácios cobertos por campos de mostarda no inverno que logo florirão de um amarelo um pouco mais ácido que o do colza, utilizado não apenas como condimento, mas para fabricar o óleo e, sobretudo, forragem com as folhas. Se as vacas de corcova, os zebus magros se arrastam por todo lado sem pertencer a ninguém, virando-se como podem, tranquilos mas miseráveis em sua impunidade, as búfalas que produzem muito leite têm proprietários que as prendem e as alimentam. Assim também acontece com os cavalos e os asnos. Para os porcos, a lavagem, para as cabras, os arbustos.

Construído com o mármore o mais luminoso, mas com nuanças que os raios inebriantes da noite fazem realçar: veios azuis, ondas de ocre, nuvens de rosa que servem de decoração para um incessante desfile de cores intensas, não apenas os saris à moda antiga: laranja, púrpura, ametista, botão-de-ouro franjado de algas, mas as calças de algumas mulheres vestidas à moda pagem: preto, índigo, grená, os dos homens: jade, azul real, sépia, as blusas rosa vivo, chocolate, café com leite. Todo mundo se dirige para o mesmo lado: é a hora de ir embora para esse grupo, mas o mausoléu permanece aberto até à noite. O solo é formado de pedras de grés de diferentes rosas e cinzas que se tornam prateadas na reverberação da fachada.

INDE 2008

TAJ MAHAL — Bâti dans le marbre le plus lumineux, mais avec des nuances que les rayons frisants du soir font ressortir : des veines bleues, des vagues d'ocre, des nuées de rose, qui servent de décor pour un incessant défilé de couleurs intenses, non seulement les saris à l'ancienne : orange, pourpre, améthyste, bouton d'or frangé d'algues, mais les pantalons de quelques femmes à la page : noir, indigo, grenat, ceux des hommes : jade, bleu-roi, sépia, les blouses rose vif, chocolat, café crème. Tout le monde se dirige du même côté ; c'est l'heure du retour pour ce groupe, mais le mausolée reste ouvert jusqu'à la nuit. Le sol est formé de dalles de grès de divers roses et gris, qui s'argentent dans la réverbération de la façade.

INDE 2008

TAJ MAHAL — Il faut perpétuellement entretenir le merveilleux édifice. Le moindre séisme, et une plaque se détache, qu'il faut sertir à nouveau, se fissure et il faut la remplacer. Sans parler de la pollution qui augmente de jour en jour avec la circulation, les cars de touristes, les bateaux sur le fleuve, les avions dans le ciel, et qui étend sur le marbre son vernis fatal qu'il faut patiemment, obstinément effacer. Aussi les grandes niches se remplissent d'échafaudages en tiges métalliques orthogonales. Les ouvriers spécialistes se disposent dans ces cages comme des notes sur une partition. Le soir, tandis que le blanc se charge de rose et que les ombres deviennent de plus en plus bleues, les derniers rayons soulignent les couleurs de leurs tricots qui se mettent à chanter comme des tuyaux d'orgue.

É preciso manter eternamente esse maravilhoso edifício. Ao menor tremor, uma placa desprende-se, e será preciso engastar novamente, racha-se, e será preciso substituí-la. Sem falar da poluição que aumenta a cada dia com a circulação, os ônibus de turistas, os barcos no rio, os aviões no céu, estendendo-se sobre o mármore seu verniz fatal que é preciso remover com paciência, obstinação. Também os grandes nichos estão cheios de andaimes de barras metálicas ortogonais. Os operários especializados se posicionam nessas gaiolas como notas de uma partitura. Ao fim da tarde, quando o branco tinge-se de rosa e que as sombras tornam-se cada vez mais azuladas, os raios acentuam as cores de suas camisas que se põem a cantar como os tubos de um órgão.

Shah Jahan, inconsolável com a morte de sua esposa preferida, Mumtaz Mahal, após ter-lhe dado o décimo-quarto filho, construiu para ela um suntuoso mausoléu branco. Em seguida, começou a trabalhar em seu próprio túmulo, que seria vermelho, do outro lado da Yamuna. Nos primeiros alicerces o trabalho foi interrompido, pois seu terceiro filho, Aureng-Zeb, a quem ele já havia passado o poder efetivo, assim como a seus outros três irmãos, para se dedicar então à paixão dos edifícios, assustado com as despesas faustuosas de seu pai, o depôs após ter assassinado seus concorrentes, e o prendeu num pavilhão do forte vermelho, a mais bela prisão do mundo, de onde ele podia contemplar sua obra--prima do outro lado das águas.

INDE 2008

TAJ MAHAL — Shah Jahan inconsolable à la mort de son épouse préférée, Mumtaz Mahal, après lui avoir apporté son 14ème enfant, lui édifia un somptueux mausolée blanc. Puis il commença les travaux pour son propre tombeau qui aurait été rouge, sur l'autre rive de la Yamuna. Il s'arrêta aux premiers soubassements, car son troisième fils Aureng-Zeb à qui il avait déjà abandonné le pouvoir effectif ainsi qu'à ses trois frères, se consacrant dès lors seulement à sa passion des édifices, effaré des dépenses somptuaires de son père, le déposa après avoir assassiné ses concurrents, et l'enferma dans un pavillon du fort rouge, la plus belle prison du monde, d'où il pouvait contempler son œuvre maîtresse au-delà des eaux.

INDE 2008

DELHI

On se sent chez soi dans la grande cour sainte, comme dans la nef d'une cathédrale au moyen-âge, sous un regard sévère et bienveillant. Tout est propre. Tout le monde vient laver ses pieds. Il n'y a que les touristes qui viennent polluer avec leurs chaussures pudiquement recouvertes, ceux d'au-delà des mers ou des airs mais aussi les plus riches parmi ceux du pays même, appartenant à tant d'autres religions, tant de métissages de religions. Car les pauvres sont aussi pieds nus et ont grand souci de leur propreté. Le long des routes, dès qu'un peu de pluie était tombée pour remplir les citernes, les hommes passaient leur temps à se doucher. J'imagine que les femmes aussi dans le secret de leurs demeures. Ici l'on dort, danse, tourne, révise ses leçons, fait ses confidences, récite une prière qu'on avait sautée, cherche à sortir d'un doute, partage ses problèmes, régularise le rouet du temps.

Sentimo-nos em casa no grande pátio santo, como na nave de uma catedral da Idade Média sob um olhar severo e benévolo. Tudo está limpo. Todos vêm lavar os pés. Apenas os turistas poluem com seus sapatos pudicamente recobertos, os de além-mar ou dos ares, mas também os mais ricos dentre aqueles do próprio país, que pertencem a tantas outras religiões, tantas mestiçagens de religiões. Pois os pobres também estão descalços e se preocupam em manter seus pés limpos. Ao longo das estradas, quando chovia o suficiente para encher as cisternas, os homens passavam seu tempo a tomar banho. Imagino que também as mulheres o faziam, no segredo de suas casas. Aqui se dorme, se dança, se gira, se revisa as lições, se faz confidências, se recita uma oração que foi esquecida, se esclarece uma dúvida, se divide seus problemas, se regula a roda do tempo.

No início da estrada longa e íngreme que as senhoras de pernas frágeis sobem carregadas em liteiras até o palácio-fortaleza, o portão de ferro que perdeu um de seus batentes e o globo de uma lâmpada que talvez ainda funcione. Uma búfala explica alguma coisa a seu filhote sob o olhar atento da camponesa coberta de vermelho. Um jovem traz um balde d'água e, sobre o braço esticado, a roupa que ele deverá estender. Duas crianças na sombra esperam que alguém lhes chame. A deterioração faz vibrar a pintura publicitária da qual não se pode mais decifrar a mensagem. A impressão de calma é tal que pensamos que já é tarde. Na realidade, é de manhã, pouco antes de tomarmos a estrada.

INDE 2008

KESROLI — Au bas de la longue et raide pente sur laquelle on monte en chaise à porteurs les dames qui ont les jambes fragiles, jusqu'au fort-palace, le vantail de la grille qui a perdu son répondant, et le globe d'une lampe qui fonctionne peut-être encore. Une bufflesse explique quelque chose à son veau sous la surveillance de la paysanne marquée de rouge. Un homme jeune rapporte un seau d'eau, et sur son bras déplié la lessive qu'il doit étendre. Deux enfants dans l'ombre attendent qu'on les appelle. Le sèchement fait vibrer la peinture publicitaire dont on ne peut plus déchiffrer le message. L'impression de calme est telle qu'on croirait que c'est le soir. En réalité, c'est le matin, juste avant que nous reprenions la route.

INDE 2008

MANDAWA — La grande porte ancienne sur laquelle les galopins du quartier ont griffonné leurs idéogrammes, vient de s'entrouvrir et l'on aperçoit dans la cour marionnettes et tentures vraisemblablement destinées aux rares touristes qui viennent flâner dans ce coin. Mais ce n'est pas encore l'heure ; le chien blanc veille au sommet de la pente en dalles grises. Le béton qui a malencontreusement remplacé le crépi, laisse libre cours à son imagination de surface, d'autres planètes. L'ocre et le noir se conjuguent en inscriptions au moins bilingues au-dessous des quelques vestiges de fresques protégés par l'encorbellement. Dans les étages supérieurs les détails sont mieux conservés. A gauche, un compteur électrique apporte sa note blanche.

A grande porta antiga sobre a qual os moleques do bairro rabiscaram seus ideogramas acaba de se entreabrir, e pode-se entrever, no pátio, marionetes e tapeçarias, provavelmente destinadas aos raros turistas que vêm passear por esses lados. Mas ainda não é a hora; o cão branco vigia do alto da subida de pedras cinzas. O cimento que substituiu desastrosamente o reboco dá livre curso à sua imaginação de superfícies de outros planetas. O ocre e o preto conjugam-se em inscrições pelo menos bilíngues abaixo de alguns vestígios de afrescos protegidos pela sacada. Nos andares superiores os detalhes estão mais bem conservados. À esquerda, um medidor de luz dá o seu toque azul.

Sobre o *patchwork* de acolchoado, um fumante esqueceu um maço de cigarros ao sair às pressas. A pequena cabra que lhe sucedeu não procura repouso, mas apenas se aproximar da menina que está no chão, da qual espera um carinho na cabeça. Mas, por enquanto, ela está distraída pela fotógrafa, que lhe deixa um pouco ressabiada, sem manifestar, contudo, medo ou hostilidade, pois a mãe não está muito longe e o animal a tranquiliza. A cama ao lado é nitidamente mais confortável, pois no lugar de cordas, seu estrado é trançado com tiras de lona. O guidom da moto ergue o retrovisor como uma flor luminosa acima do buquê de metal.

INDE 2008

SAMODE — Sur le patchwork matelassé quelque usager a oublié son paquet de cigarettes, vraisemblablement vide. La petite chèvre qui lui a succédé ne cherche pas à se reposer, seulement à se rapprocher de la gamine par terre, dont elle espère quelques gratouillis sur le front. Mais pour l'instant celle-ci est distraite par la photographe dont elle se méfie un peu; mais sans manifester peur ou hostilité, car la mère n'est pas loin et l'animal rassure. Le lit d'à côté est nettement plus confortable, car au lieu de cordes, son sommier est tressé de sangles. Les citernes conservent soigneusement l'eau de pluie, car il fait plutôt sec en cette saison. Le guidon de la moto élève son rétroviseur comme une fleur lumineuse au-dessus du bouquet de métal.

INDE 2008

SAMODE   C'est la fin de la journée. Les hommes qui ont fabriqué les bracelets de résine de toutes couleurs, incrustés de perles métalliques ou de menus éclats de verre, grande spécialité de l'endroit, dont il reste quelques piles sur l'étagère, ont laissé l'échope à la grand-mère qui garde la marmaille. Tous les enfants sont bien chaussés. Elle doit être pieds nus et remettra en partant les sandales à courroie de plastique rose. Non, ce sont plutôt celles de la fille un peu plus grande, assise en tailleur, l'air assez soucieux, alors que les plus jeunes sont fort détendus, regardant de divers côtés, car devant le trottoir on aperçoit une autre sandale, d'une pointure nettement au-dessus, couleur de caoutchouc vulcanisé. Bientôt la porte brune va se refermer sur le minuscule atelier. Où donc ira dormir tout ce petit monde, dans quel logis, de quelle ruelle, à quel étage ?

É o fim do dia. Os homens que fabricaram as pulseiras de resina de todas as cores, incrustadas de pérolas metálicas ou de pequenos pedaços de vidro, grande especialidade da região, da qual restam algumas pilhas sobre a prateleira, deixaram a venda com a avó, que toma conta da criançada. Todas as crianças estão bem calçadas. Ela deve estar descalça e, ao partir, calçará as chinelas de tiras de plástico rosa. Não, na verdade são as da menina um pouco maior, sentada de pernas cruzadas, com ar de preocupação, enquanto as mais novas estão mais descontraídas, olhando para todos os lados, pois em frente à calçada vê-se uma outra sandália, de tamanho visivelmente superior, cor de borracha vulcanizada. Logo a porta marrom do minúsculo ateliê se fechará. Onde esse mundinho de pessoas irá dormir, em que casa, em que ruela, em qual andar?

É a preparação de um casamento. Não me perguntem o que elas levam em suas jarras duplas com largas listas ocre, coroadas de folhagem. As que têm mais habilidade as seguram em equilíbrio sobre suas cabeças, com um aro de contato e a segurança de uma mão, às vezes duas. Uma delas as leva sobre o ombro. Cansaço ou modernidade? As duas primeiras têm o rosto escondido por uma dobra de seu sári, o que significa que são casadas, mas sem dúvida há pouco tempo, pois ficam rapidamente à vontade. Percebemos que elas olham com paixão através dele, nem que seja para evitar os pedregulhos. Elas passam ao lado de um pequeno mercado, com legumes e frutas sobre as charretes, tal os vendedores de legumes da estação na Paris de minha infância. Sem dúvida, encontraremos essa noite, no suntuoso palácio com teto de espelhos, o turista barbudo, à direita.

INDE 2008

SAMODE

C'est la préparation d'un mariage. Ne me demandez pas ce qu'elles apportent dans leurs doubles jarres à grosses rayures d'ocre, couronnées de feuillage. Les plus habiles les tiennent en équilibre sur leur tête, avec un anneau de contact et l'assurance d'une main, parfois les deux. Une les porte sur l'épaule. Fatigue ou modernité ? Les deux premières ont le visage caché par un pan de leur sari, ce qui veut dire qu'elles sont mariées, mais pas depuis très longtemps sans doute, car on se relâche avec vite. On sent qu'elles regardent passionnément au travers, ne serait-ce que pour éviter les cailloux. Elles passent au coin d'un petit marché, avec légumes et fruits sur des charrettes, tels les marchands des quatre saisons dans le Paris de mon enfance. Nous retrouverons vraisemblablement le Touriste barbu sur la droite ce soir dans le somptueux palais à plafonds de miroirs.

INDE 2008

SUR LA ROUTE

C'est un passage à niveau. On attend le défilé des wagons, qui durera longtemps. La file des véhicules s'allonge ; ils s'encastrent ingénieusement les uns dans les autres, s'imaginant à tort que gagner quelques centimètres leur fera épargner quelques minutes lors du redémarrage, leur permettra de doubler celui qui les avait doublés et s'est trouvé bloqué juste par devant, alors qu'il faudra beaucoup de précautions pour démêler l'écheveau de métal, bois, tissus et chairs diverses, éviter cabosures, éraflures et bleus. Sur le sac à dos vert de la jeune fille en rouge, un repliement rend un peu difficile le déchiffrage du mot "focus" qui à première vue semble venir d'une autre planète, mais le mot "compact" sur une pancarte fixe nous rappelle que l'Inde est aussi une championne de l'électronique.

É uma passagem de nível. Esperamos o desfile dos vagões, que deverá demorar. A fila de veículos alonga-se; eles se encaixam engenhosamente uns nos outros, imaginando-se erroneamente que ganhar alguns centímetros os fará economizar alguns minutos na hora de dar a partida, os permitirá ultrapassar aquele que os havia ultrapassado e que se encontrou bloqueado logo à frente; mas, de fato, será preciso muita precaução para desembaraçar o emaranhado de metal, madeira, tecidos e carnes diversas, evitar as amassadelas, os aranhões e as contusões. Na mochila verde da jovem de vermelho, uma dobra torna um pouco mais difícil o deciframento da palavra "focus", que à primeira vista parece vir de outro planeta, mas a palavra "compact" nos faz lembrar que a Índia é também campeã em eletrônica.

Um cruzamento. Os sinais de trânsito não funcionam. Isso acontece com tanta frequência que acabamos por não precisar mais deles, como antes. Quando funcionam, tudo adquire um ar de festa e de modernidade; as multidões em tumulto escoam um pouco mais rapidamente. Temos vontade de oferecer flores ao santuário mais próximo. Possuir uma motocicleta implica ter um belo blusão brilhante para o inverno, quando as noites são mais frias. Há bem pouco tempo o vestido índigo e o turbante são autorizados em moto. Com os asnos, que são dificilmente conduzidos em dupla nesse tráfico, acompanha-se a brancura tradicional de seu drapeado. Os pedestres calculam seu caminho nesse momento de hesitação geral, desfeito bruscamente.

INDE 2008

SUR LA ROUTE

Un carrefour. Les feux de signalisation sont en panne. Cela arrive si souvent qu'on a l'habitude de s'en passer comme avant. Quand ils marchent, tout prend un air de fête et de modernité ; les flots tumultueux s'écoulent un peu plus vite. On a envie d'offrir des fleurs au sanctuaire le plus proche. La possession d'un scooter implique un beau blouson brillant pour l'hiver où les soirées sont fraîches. La moto autorise la robe indigo et le turban d'il n'y a pas si longtemps. Avec les ânes qu'il est difficile de mener à deux de front dans ce traffic, va la blancheur traditionnelle et son drapé. Les piétons supputent leur chemin dans ce moment d'hésitation générale qui va se dénouer brusquement.

INDE 2008

SUR LA ROUTE   C'est une gitane ; donc elle appartient à l'un des groupes les plus méprisés à l'extérieur de cette société de castes, si hiérarchisée qu'elle soit déjà, même si l'évolution économique a produit bien des renversements. Et pourtant c'est parmi son peuple que les fabricants de châles recrutent leurs meilleures brodeuses. Pour l'instant son bébé la rend si heureuse, sous son capuchon de lutin ou de moine, que l'avenir semble s'ouvrir lumineusement devant son regard et qu'elle étale avec fierté ses admirables mains aux ongles soulignés d'une légère touche de rouge. Ses dents sont aussi brillantes que le blanc de ses yeux. L'anneau de son nez lui sert comme une narine supplémentaire pour se faufiler parmi les odeurs, et son bambin est fasciné par quelque animal qui s'agite sur le trottoir.

É uma cigana; ela pertence, portanto, a um dos grupos mais desprezados fora dessa sociedade de castas, já tão hierarquizada, embora a evolução econômica tenha produzido muitas mudanças. E, contudo, é em meio a seu povo que os fabricantes de xales recrutam as melhores bordadeiras. No momento, seu bebê a faz tão feliz, com seu capuz de duende ou de monge, que o futuro parece abrir-se luminosamente diante de seu olhar e que ela exibe com orgulho suas mãos admiráveis com as unhas ligeiramente tingidas de vermelho. Seus dentes são tão brilhantes quanto o branco dos olhos. A argola do nariz parece como uma narina suplementar para insinuar-se entre os odores, e sua criança está fascinada por algum animal que se agita na calçada.

É uma pequena abóboda celestial cavada no chão. Ela se apresenta em duas réplicas: inverno e verão. O círculo de latão fixado no centro pelo cruzamento de fios projeta um sol muito escuro, o da melancolia, quando o astro aparece num céu sem nuvens. Quando Masho Singh II substituiu o estuque original que devia ser de uma brancura radiosa pelo mármore estriado, de certa forma ele capturou as nuvens com uma rede de malhas geométricas nessas cisternas mágicas, como para conjurar a seca. Como esta imagem está invertida, diríamos o Sol dos Antípodas, o círculo figurando a Terra, uma máquina de eclipses.

INDE 2008

JAIPUR — C'est une petite voûte céleste creusée dans le sol. Elle est en deux répliques : hiver et été. Le cercle de laiton fixé au centre par sa croix de fils, projette un Soleil très noir, celui de la mélancolie quand l'astre apparaît dans un ciel sans images. Lorsque Madho Singh 2 remplaça le stuc originel qui devait être d'une blancheur éclatante, par son marbre veiné, il a en quelque sorte capté les images par un filet à mailles géométriques dans ces citernes magiques, comme pour conjurer la sécheresse. L'image étant ici renversée, on dirait le Soleil aux Antipodes, le cercle figurant la Terre, une machine à éclipses.

INDE 2008

JAIPUR — Parmi les cadrans solaires du Jantar Mantar, il est un ensemble de douze, chacun consacré à un signe du zodiaque. Alors que tous les autres ont leur gnomon, la grande pente qui projette son ombre sur un arc de cercle gradué, sont dirigés vers l'étoile polaire à sa hauteur lors des équinoxes, ici deux seulement, ceux du centre, dédiés au Cancer et au Capricorne, visent aussi le Nord, mais plus ou moins haut, vers la position de l'étoile polaire lors des solstices. Les autres s'écrivent autour comme un éventail, pour capter les ombres selon d'autres heures, en relation avec d'autres saisons. Chacun est orné d'une peinture qui l'identifie. Celui-ci est dédié aux Poissons. Avec ces arcs de cercle qui traversent les murs creusés de portes lancéolées, on a l'impression de maisons (c'est aussi un terme d'astrologie) qui rentrent les unes dans les autres. D'un édifice à l'autre on navigue dans le déroulement de l'année. C'est une flotte de navires sur l'océan du temps.

Dentre os quadrantes solares do Jantar Mantar, há um conjunto de doze, cada um dedicado a um signo do zodíaco. Enquanto todos os outros têm seu gnômon – a grande inclinação que projeta sua sombra sobre um arco de círculo graduado – [e] estão direcionados para a estrela polar quando do momento do equinócio, [nesse conjunto]–, apenas dois, os do centro, dedicados ao de Câncer e de Capricórnio, visam também o Norte, a uma certa altura, entretanto, em direção à posição da estrela polar na ocasião do solstício. Os outros descrevem à sua volta uma espécie de leque, para captar as sombras de acordo com as outras horas, em relação com outras estações. Cada um está ornamentado com uma pequena pintura que o distingue. Este é dedicado a Peixes. Com seus arcos de círculo que atravessam as paredes cavadas de portas lanceoladas, tem-se a impressão de casas (esse é também um termo da astrologia) que entram umas nas outras. De um edifício a outro navegamos no desenrolar do ano. É uma frota de navios sobre o oceano do tempo.

Acima da pequena família vermelha com a cabra preta, é como um armário ao ar livre no qual se deixam objetos diversos dispostos em natureza morta, que não interessariam o mais desprovido, o mais desprezado dos incontáveis errantes. Acima, um respiradouro areja a minúscula habitação apoiada contra as muralhas; a sombra das toalhas que secam devolve o azul ao índigo desbotado, proclamado pela tintura sob o alpendre de toldo ondulado, cheio de poeira da estrada, que a chuva lavará como todos os anos. Um raio de sol bem-vindo, refletido por algum espelho, despertava a cor no interior do carro, que normalmente pareceria preto pelo contraste com a reverberação externa.

INDE 2008

SUR LA ROUTE   Au-dessus de la petite famille rouge avec la chèvre noire, c'est comme une armoire en plein air où on laisse divers objets disposés en nature morte, qui ne pourraient tenter le plus démuni, le plus méprisé des innombrables vagabonds. Au-dessus un soupirail ajouré aère le logis minuscule adossé aux remparts ; les serviettes en train de sécher rebleuissent par leurs ombres l'indigo délavé proclamé par la tenture au-dessous de l'auvent de tôle ondulée, chargé des poussières de la route, que la mousson lessivera comme chaque année. Un rayon de soleil bienvenu, renvoyé par quelque miroir, éveillait la couleur à l'intérieur de la voiture, qui habituellement paraissait noir par contraste avec la réverbération externe.

INDE 2008

DELHI   C'est la salle de prière de la plus grande mosquée de l'Inde, construite en
grès rose par Shah Jahan, orientée vers la Mecque, c'est-à-dire d'ici vers l'ouest.
Les temps modernes ont ajouté dans l'angle visible (comme dans tous les autres) un
luminaire pour éclairer le prédicateur, un haut-parleur pour amplifier sa
voix. Une cuvette en plastique recueille parfois la goutte d'eau qui tombe d'une
fine lézarde après grande pluie, symbole d'une grâce accordée par le ciel. Mais les
tapis sont déjà d'âge vénérable, et les pèlerins, avec leurs pieds nus, ont fort
peu changé leur costume. Par contre l'étranger immédiatement identifiable par les
sandales blanches qu'il a louées à l'entrée, ne voulant pas se séparer de ses chaussettes,
casquette de panama sur ses cheveux pâles, regarde dans la mauvaise direction,
vers la cour, sans se douter du déclic qui l'immobilise dans cette impropriété.

É a sala de orações da maior mesquita da Índia, construída em grés rosa por Shah Jahan, orientada em direção à Meca, ou seja, daqui deste ponto em direção ao oeste. Os tempos modernos acrescentaram ao ângulo visível (como em todos os outros) uma luminária para iluminar o pregador, um alto-falante para ampliar a sua voz. Uma bacia de plástico recolhe às vezes a gota d'água que cai de uma fina rachadura após um temporal, símbolo de uma graça concedida pelos céus. Mas os tapetes já chegaram a uma idade venerável, e os peregrinos, descalços, pouco mudaram suas roupas. O estrangeiro, ao contrário, imediatamente identificável por seus chinelos brancos, boné de panamá sobre os cabelos pálidos, olha na direção errada, em direção ao pátio, sem desconfiar do disparador que o imobiliza nessa impropriedade.

É um dos dois enormes jarros de prata, três metros de altura, que o rajá Madho Singh II mandou encher com água do Ganges para levar para Londres, em 1901, por ocasião de sua visita à rainha Vitória. Era preciso tomar um banho de vez em quando, mas não em qualquer rio. Seu peso causou problemas aos barcos do Tâmisa, que foram especialmente adaptados. Cuidadosamente conservados no palácio real, eles permitem aos visitantes admirar suas anamorfoses como numa galeria de miragens. Distinguimos, assim, a fotógrafa ao centro, ao lado de seu companheiro, e do guia deles, tão infeliz de ter que se casar em breve com uma jovem que ele nunca viu. À esquerda, muitos outros turistas. À direita, o reflexo de um espelho sobre a parede, o que confere a essa Índia um certo perfume da Holanda.

INDE 2008

JAIPUR — C'est une des deux énormes citernes en argent, 3 mètres de haut, que le rajah Madho Singh 2 fit remplir d'eau du Gange pour les amener avec lui à Londres en 1901 lors de sa visite à la reine Victoria. Il fallait bien se baigner quelquefois, mais pas dans n'importe quel fleuve. Leur poids posa des problèmes aux bateaux de la Tamise qu'il fallut aménager spécialement. Soigneusement entretenues dans le palais royal, elles permettent aux visiteurs d'admirer leurs anamorphoses comme dans une galerie des mirages. On distingue ainsi le photographe au centre, flanqué de son compagnon et de leur guide si malheureux d'avoir à se marier bientôt avec une jeune fille qu'il n'aurait jamais vue. A gauche plusieurs autres touristes. A droite le reflet d'un miroir sur le mur, ce qui donne à cette Inde comme un parfum de Hollande.

Nós olhávamos juntos
Entrevista de Myriam Villain com Michel Butor sobre Marie-Jo e a fotografia

Myriam Villain – Esta publicação reúne parte das obras que o senhor confiou aos meus cuidados para a exposição *Michel e Marie-Jo Butor: universos paralelos*. Além da dimensão afetiva, que não diz respeito senão ao senhor, o que nessas fotografias lhe toca, e, de uma maneira mais geral, em todas aquelas feitas por Marie-Jo?

Michel Butor – Inicialmente, eu gostaria de enfatizar o fato de que eu estava sempre presente quando Marie-Jo tirou essas fotos. Nem sempre eu a vi tirá-las, principalmente quando eu mesmo apareço na foto. Mas eu estava sempre com ela. Quando as revejo, é sempre um momento de nossas vidas que volta. Nós olhávamos juntos. Porém, no cerne desse olhar em comum, havia a sua intervenção, que era decisiva. O que também me surpreende sempre que as olho é a ternura. Mesmo quando não havia pessoas presentes, o que é raro, sente-se que há toda uma presença, uma vida, ao mesmo tempo próxima e longínqua, que as atravessa. De modo geral, ela nunca mais reviu essas pessoas. Portanto, não se trata, de forma alguma, de retratos; são presenças vislumbradas, pessoas que gostaríamos de ter conhecido. Isso é muito claro no caso das crianças. Cada uma delas, fotografada em certo momento de seu desenvolvimento, interpela-nos quanto ao que poderiam se tornar mais tarde.

MV – Há um grande senso do enquadramento nessas fotos. Marie-Jo teve uma formação em fotografia? Como ela trabalhava?

MB – Não, ela não tinha formação alguma em fotografia. Ela foi desenvolvendo à medida que as tirava, primeiramente no contexto familiar. Mais tarde, quando fomos passar três meses no Japão, amigos japoneses deram-lhe máquinas fotográficas, e foi então que ela começou a tirar fotografias em grande quantidade. No Japão, todo mundo se fotografa o tempo todo. Não há uma preocupação em incomodar as pessoas. Ao contrário, se não os fotografamos, eles se perguntam o que está acontecendo. Se nos veem tirando fotos, pedem para tirar fotos nossas e também que os fotografemos. Isso é muitíssimo natural. Ao voltar para casa, analisamos todas as fotos de Marie-Jo, tanto os filmes como as fotos reveladas. Achei que havia coisas muito interessantes e propus que trabalhássemos juntos, ou seja, ampliar as suas fotos e acrescentar em cada uma um texto meu. Foi assim que começamos esse trabalho em comum. Tenho, aliás, um amigo em Genebra que tem um projeto de publicar essas fotos do Japão a partir dos diapositivos: havíamos escolhido cem fotos para uma exposição, ou um colóquio – já não sei mais –, que aconteceu em Roma, com o propósito de propor um diaporama. Acrescentei uma legenda em cada uma delas, porém, bem mais sucinta do que os textos que confiei a você. Esse projeto se chama: *Cent instants japonais* [*Cem instantes japoneses*]. A partir dessa circunstância nipônica, em 1989, ano em que nos mudamos para a casa de Lucinges, Marie-Jo e eu viajamos muito juntos. Antes, eu viajava sozinho e Marie-Jo ficava em casa para cuidar das crianças. Desde esse momento, ela passou a me acompanhar e fez muitas fotos durante as viagens, sempre comigo; ela fotografava o que via comigo. Como eu via como ela fotografava, de vez em quando eu dizia: "olha um pouco desse lado aqui, olha isso", e ela fotografava. Mas era sempre ela que fotografava: era o olhar dela, o que teve resultados belíssimos. Alguns fotógrafos amigos viram as suas fotos e lhe deram alguns conselhos, principalmente o de dar destaque para a construção geométrica, o que ela fez muito bem. Essa foi toda a educação fotográfica que ela teve.

MV– A percepção de Marie-Jo era da ordem da captura, do instantâneo ou da pose, da composição?

MB – Da composição, de forma alguma, mas o termo *captura* que você utiliza diz exatamente do que se tratava: uma maneira de captar o instante. Quando alguma coisa a tocava particularmente, ela a fotografava.

MV – A questão pode parecer ingênua, mas o tema era tratado da mesma maneira, conforme se tratasse de uma paisagem ou de pessoas?

MB – Ela gostava muito de fotografar as crianças. Tirou uma quantidade enorme de fotos. Há algumas delas no conjunto que te passei. Ela era fascinada por todas essas crianças estrangeiras e, portanto, particularmente atenta a esses temas. Além disso, as pessoas que ela fotografava estavam no interior de uma paisagem ou de um *décor*, fazendo parte deles integralmente. Muitas de suas fotos não comportam personagem algum, mas, de alguma forma, estão à espera de personagens. Naquelas em que não há personagens, eles estão, ainda assim, presentes, visto que estamos nós dois ali. Há fotografias em que eu aparecia, mas era contra a minha vontade e quase sem que ela se desse conta disso. De vez em quando ela se divertira me fotografando, mas eu não tinha vontade nenhuma de ser fotografado. Eu tinha vontade de olhar com ela, mas, às vezes, quando havia um ou outro problema quanto à preparação, eu ia dar uma volta. Então, eu aparecia na foto, frequentemente de costas. Marie-Jo fez também retratos meus, especialmente durante um certo tempo, quando nosso sótão estava em reformas. O local era uma espécie de grande ateliê para mim. Um amigo pintor havia me enviado grandes telas para que eu escrevesse sobre elas. Eu as espalhava pelo chão e escrevia de joelhos, já com dificuldades. Marie-Jo, a quem isso muito divertia, fez uma série de retratos meus escrevendo no chão. Com exceção dessa circunstância, ela não fez retratos meus. Nós temos muitos amigos fotógrafos que fizeram muitos retratos meus. Para ela, não era, portanto, importante fazê-los. De tempos em tempos ela me fotografava, mas não eram retratos; por exemplo, a foto em que estou com as três meninazinhas que te mostrei há pouco. São instantes, tomadas de momentos surpreendentes. Marie-Jo fez belíssimas fotos de nossos netos, mas, ainda assim, não se tratava, de forma alguma, do *sentimento* do retrato, você entende? É uma coisa completamente diferente: o personagem que se revela de repente, numa ação, num cenário, em uma certa relação com a paisagem.

MV – Cada uma dessas fotos é acompanhada de um texto original seu. Não são legendas, estritamente falando, mas, antes, a apropriação pela sua escrita das imagens percebidas por sua esposa. O seu olhar foi atraído pelas mesmas cenas e o senhor teria escrito sobre elas sem as fotos? Ou os seus textos referem-se exclusivamente a essas tiragens?

MB – Eu não teria provavelmente escrito sem essas fotos. Esses textos foram feitos especialmente para essas tiragens, mas estávamos juntos no momento das tomadas. Eu estava sempre presente nas fotos que você viu, no momento em que Marie-Jo as tirou. Sempre. Eu estava lá. Trata-se, portanto, de uma percepção a dois. O ato fotográfico é inteiramente dela – eu nunca toquei na máquina –, mas nós éramos dois: eu olhava com os olhos dela, ela olhava com os meus. Evidentemente, analisando essas fotos, tudo aquilo que nós vivemos retorna. Tentei colocar novamente em meus textos a nossa presença, as circunstâncias, o que me atraíra particularmente no momento da fotografia, ou então aquilo que me surpreendia ao olhar a fotografia e que não havia me surpreendido no momento em que ela foi feita, e que Marie-Jo tampouco havia visto ao tirá-la. No ato fotográfico há uma espécie de concentração do tempo extraordinária. O bom fotógrafo tem uma espécie de consciência multiplicada, e não sabe, não saberia dizer nem explicar o que ele capta (exceto se for uma foto jornalística). Ele é incapaz de fazer isso. Quando ele vê o resultado, reconhece o que fez, mas observa também muitas coisas que havia visto sem ver.

MV – Esses textos seus, assim como outras colaborações suas com artistas plásticos, me fazem pensar em outra questão. Se dizemos que a obra escapa ao artista, que ela deve lhe escapar, a melhor interpretação da obra não consistiria em produzir uma criação nova com relação àquela que lhe serviu de suporte? Responder a uma obra com uma outra não seria a única solução? Inclusive quando as duas não são da mesma natureza, a segunda viria apreender a primeira, desvelar aí alguma coisa, mas não pelo viés da análise crítica.

MB – O texto é outra obra produzida pela contemplação da fotografia, que, em si mesma, já é uma obra. As duas juntas produzem algo novo. Quando olhamos a fotografia sem o texto, há muitas coisas que não observamos, quando lemos o texto sem a fotografia, há, evidentemente, alguma coisa que falta. Alguma coisa que resta, mas também alguma coisa que falta. Mas, quando temos as duas juntas, é um pouco como um casal que produz uma criança: temos não somente duas obras, uma ao lado da outra, que reagem mutuamente, mas uma terceira obra.

MV – Não se trataria de fazer um comentário, mas de tentar estabelecer correspondências? Os seus textos são, nesse caso, muito descritivos, em razão de seu suporte, mas, ao mesmo tempo, eles não se contentam em reduplicar a imagem fotográfica. Eles esboçam quase que imediatamente prolongamentos narrativos. O motor de suas invenções seria essencialmente visual?

MB – Eu sou, certamente, muito visual, razão pela qual sou apaixonado pela pintura. Mas sou auditivo também, embora seja surdo. De certo modo, a surdez me torna ainda mais atento aos fenômenos do som. Contudo, é verdade que o olhar tem um papel essencial em tudo o que fiz. O texto tem um movimento muito forte, ainda que seja porque os olhos seguem o texto: lemos as palavras umas após as outras, ainda que haja momentos de globalidade. Por sua vez, a imagem fotográfica é imóvel, ela não é da ordem do cinema. É algo interrompido no meio de uma sequência, e o texto vai, necessariamente, reintroduzir o movimento no interior da fotografia. Ele vai reintroduzir as circunstâncias, e se houver um movimento interrompido no interior da fotografia, o texto irá fazer, quase que automaticamente, com que o movimento seja relançado. Se houver um personagem andando, captado na imobilidade, o fato de haver um texto fará com que ele entre na foto e saia pelo outro lado. Esse efeito do texto sobre a foto é algo muito potente e muito precioso. O texto transforma a foto em uma sequência cinematográfica, ou, antes, ele esboça a sequência de onde a foto é extraída. Ele faz compreender o movimento, mas, também, porque certo instante foi captado no meio desse movimento.

MV – Há um *jogo* entre as fotos e os textos; não uma redundância, mas um intervalo. A sua escrita visa precisamente o que está fora do quadro: ao mesmo tempo *reconstituição* e *criação* de um *continuum*, de um extracampo dinâmico, além e aquém do instantâneo.

MB – Você tem razão. É exatamente isso.

MV – Nessa criação com Marie-Jo, como são tecidos os signos de cada um? Que entrelaçamentos e que relações o senhor distingue aí?

MB – Bem, nós nos amávamos...

MV – Com isso, a incitação icônica – a abertura do diafragma por Marie-Jo – não teria sido para vocês o disparador de uma abertura ao Tempo?

MB – Eu diria que foi muito mais uma abertura *do* Tempo. Antes disso eu já estava aberto *ao* Tempo, mas essa espécie de concentração da consciência em um instante é algo que me surpreende muito. Em meu texto, há uma espécie de desdobramento desse instante.

MV – Não seria a própria fixidez da imagem que, paradoxalmente, estaria na origem de um fluxo literário?

MB – Sim, certamente, porque a imagem é tomada como alguma coisa que está parada no interior de um fluxo, ainda que ela seja algo bastante móvel. Nas fotos de viagem, nós passeamos e, de repente, paramos e interrompemos o movimento em que estamos. Como nos mexemos, as árvores passam umas diante das outras, as montanhas mudam de perspectiva, o horizonte se modifica, etc.

MV – A palavra é, sem dúvida, um pouco forte, mas haveria uma dimensão hipnótica em sua percepção de uma fotografia?

MB – Ah, a raiz do sono e do sonho... Certamente, a dimensão onírica intervém na maneira pela qual eu olho uma fotografia. Há algo do sonho que passa. Mais precisamente, eu me esforço para ser hipnotizado pela fotografia. É por isso que eu a olho com uma atenção que pretende se igualar ao momento de concentração extrema em que o fotógrafo aperta o disparador de sua máquina. Mesmo que eu olhe durante cinco minutos seguidos, eu gostaria que esses cinco minutos fossem tão concentrados quanto o instante em que a foto é tirada. Eu me banho de certa forma na fotografia, e é ela que se põe a falar comigo. Trabalhei muito com o fotógrafo marselhês Serge Assier; ele faz livros com fotografias e me pediu textos. O primeiro trabalho que fizemos era um livro sobre Marselha, e eu escrevi quadras sobre essas fotografias. Depois disso, passei a fazer quadras sobre as suas fotos. Alguém lhe perguntou por que ele trabalhava comigo e ele respondeu: "É porque a cada vez que leio um texto de Michel sobre uma de minhas fotos, vejo alguma coisa que eu não tinha visto antes. Consequentemente, não vou mais deixá-lo!" É um pouco isso. Eu penetro na foto, um pouco como se pode penetrar em um quadro; se for uma paisagem, entramos nela, instalamo-nos ali. Há uma passagem célebre dos *Salons*, de Diderot, em que ele conta um passeio delicioso feito durante uma manhã; é somente no final que percebemos que se trata de um comentário de toda uma série de paisagens pintadas por um de seus amigos.[1]

MV – O que o senhor escreveu em *Rétroviseur* [*Retrovisor*] a propósito das fotografias de Marie-Jo é muito mais uma prosa poética, porém não chega aos poemas realizados sobre

---

1 Cf. DIDEROT. Salon de 1767, p. 594-630.

as fotos de Denis Roche, em *L'Embarquement pour Mercure* [*Embarque para Mercúrio*]. A que se devem essas diferentes escolhas, mais ou menos narrativas, mais ou menos poéticas?

MB – As circunstâncias são completamente diferentes. O que eu escrevia a propósito das fotos de Marie-Jo é a nossa vida juntos. Essas fotos são lucarnas sobre nossa vida em comum, ao passo que aquelas de Denis Roche não o são. São lucarnas sobre a sua vida com a sua mulher. Sou totalmente exterior a elas. Escrevo um texto para "animar" as suas fotografias, mas de maneira totalmente diferente.

MV – A arte de Marie-Jo ou aquela de muitos outros fotógrafos[2] com os quais o senhor colaborou teriam lhe dado a ocasião de sublimar o real?

MB – O real é ao mesmo tempo horrível e sublime. O sublime nos espera na esquina e não podemos deixá-lo escapar. Não sou eu que sublimo o real: é o real que se revela, de tempos em tempos, como sublime.

MV – Eu dizia isso pensando na metáfora da Grande Obra que o senhor utiliza em várias ocasiões em seus escritos sobre a fotografia – em *Alchimigramme* (*Alquimigrama*), claro,

---

2 Michel Butor trabalhou em especial com Ansel Adams e Edward Weston, Serge Assier, Julius Baltazar, Laurent Bardet, Pierre Bérenger, Philippe Bonan, Jean-François Bonhomme, Edouard Boubat, René Bourdeau, Bill Brandt, Inge Bruland, Michel Camoz, Pierre Canou, Axel Cassel, Fabien Chalon, Jean-Philippe Charbonnier, Hélène Chasle, Jacques Clauzel, Lucien Clergue, Éric Coisel, Philippe Colignon, Denise Colomb, Marco Dejaegher, Olivier Delhoume, Pierre Devin, Didier Devos, Pascal Dolémieux, David Douglas Duncan, Gilles Ehrmann, Pierre Espagne, Yves Faure, Pierre-Alain Ferrazzini, Daniele Ferroni, Thomas Flechtner, Claudia Fromherz--Allemand, François Garnier, Robert Geslin, Gladys, Maxime Godard, Philippe Gras, Didier Hays, Thérèse Joly, Inès v. Ketelhodt, Inge Kresser, Pierre Lacasta, Bernard Larsson, Jean-Baptiste Leroux, Annick Le Sidaner, Gérard Lüthi, Henri Maccheroni, Olivier Mériel, Gérald Minkoff, Inge Morath et Claude Michaelides, Catherine Noury, Françoise Nunez, Muriel Olesen, Bernard Plossu, Denis Roche, Julian Rosefeldt, Nathalie Sabato, Marie-Christine Schrijen, Piero Steinle, Jean-Michel Vecchiet, André Villers, Jean Vincent, Cuchi White.

mas também em *L'Atelier de Man Ray*[3] [*O ateliê de Man Ray*], por exemplo. Certamente, André Breton o empregava também a propósito da imagem,[4] mas parece-me que a metáfora alquímica é, em sua obra, suficientemente recorrente e calculada para que eu possa interrogá-lo sobre as suas razões e o seu alcance.

MB – É verdade que utilizei a metáfora alquímica frequentemente, e não somente a propósito da fotografia, como você sabe. Mas, compreendo que você me interrogue especificamente sobre esse ponto. Na fotografia, há uma relação com a alquimia porque há o laboratório. Evidentemente, é muito mais forte para os fotógrafos que trabalham em laboratório do que para aqueles que têm suas fotos reveladas por um profissional. Marie-Jo não trabalhava em laboratório. Quando eu comecei a fazer um pouco de fotos, comecei trabalhando em laboratório. O momento da *revelação* é extremamente emocionante, quando a imagem começa a aparecer, naquela luz vermelha. É algo que lembra muito o laboratório alquímico.

MV – O senhor começou a fazer fotografias depois do Egito e continuou nos Estados Unidos. As circunstâncias são fortuitas ou essa prática é originalmente ligada, ou até mesmo consubstancial à descoberta desses novos horizontes?

MB – Bem, eu não tinha máquina fotográfica quando estava no Egito – e é justamente por que isso me fez falta – não existiam cartões-postais desse país naquele momento –, pois achei verdadeiramente idiota não ter uma máquina – que, na volta, comprei uma. Eu tinha um cunhado que fazia fotografias e tinha um pequeno laboratório: foi ele que me iniciou e guiou os meus primeiros passos. As primeiras fotografias que fiz foram em Paris. No ano seguinte, fui para a Inglaterra trabalhar como professor em Manchester. Ali, a luz não é de forma alguma a mesma do Egito! Fiz, ainda assim, fotografias, particularmente das

---

3 "(…) alambic pour extraire l'alcool du plus quotidien, athanor pour mûrir l'élixir de patience." (BUTOR. *Œuvres complètes*, t. X, p. 1.130.)

4 "Il s'agit donc d'une lumière d'or, d'un air philosophal à respirer. André Breton disait qu'il cherchait 'l'or du temps'." (BUTOR. *Du monochrome en photographie*, p. 1.128.)

catedrais inglesas, que visitei sistematicamente. Em seguida, fiz fotos nos Estados Unidos, em 1960, durante a minha primeira estadia. Depois, quando voltei para a França, eu já não fazia mais fotografias. Acho que as fiz de 1952 a 1962. Essa prática é, portanto, consubstancial à descoberta de novos horizontes: foi o Egito que me censurou por não ter uma máquina fotográfica.

MV – Por que o senhor queria capturar esses novos horizontes: pelas lembranças ou por outra razão?

MB – Para Marie-Jo, a vontade de se lembrar era essencial. Era preciso poder olhar finalmente devagar o que visivelmente desaparecia tão depressa. Quanto a mim, era outra coisa. Tratava-se de poder situar o lugar em que eu me encontrava no interior da rede dos outros lugares. Meu ponto de partida era Paris. Fotos de outros lugares permitiam-me situar essa origem com relação ao conjunto da realidade, da História, da cultura. O que explica, aliás, minha máquina ter sido uma Reflex. Era verdadeiramente um instrumento de reflexão.

MV – No entanto, o senhor fotografou muito durante uma dezena de anos. Qual a razão de ter parado?

MB – Ao final desses dez anos eu não tinha mais tempo de fotografar porque eu fotografava com uma Semflex, uma cópia francesa da Rolleiflex, máquina que se apoiava no ventre, etc. E essa é uma fotografia muito lenta. Marie-Jo, por sua vez, fazia foto estilo Leica. Não é de forma alguma o mesmo gesto nem o mesmo tempo. Eu precisava de muito tempo para fazer fotos, mesmo para um instantâneo, entende? Eu precisava fixar, preparar durante muito tempo um cenário, e se alguma coisa atravessava, era formidável! Era, portanto, uma fotografia lenta e muito elaborada, ao passo que aquela de Marie-Jo era tirada de relance – muito elaborada também, no sentido geométrico do termo (ela tinha uma composição importante no olhar) – mas, sem que isso fosse construído da mesma forma que eu o fazia, por força dos detalhes técnicos. Eu fotografava como escrevo, ou seja, finalizando (regulando, precisando) as coisas lentamente. Além da falta de tempo, comecei a encontrar fotógrafos e passei a considerar que, de certa forma, eles fotografavam para mim. Por fim, a partir do momento em que Marie-Jo começou verdadeiramente a fazer fotos, isso se tornou seu domínio. Quando me aposentei da Universidade, disse a mim mesmo que recomeçaria a fazer fotos, a desenhar, a fazer aquarelas... Imagina! Impossível!

MV – Em que essa descoberta do estrangeiro permitiu a abertura para a descoberta da singularidade. Da singularidade do outro àquela da alteridade em si?

MB – Penso que eu tinha o sentimento da singularidade [*étrangeté*] bem antes de partir para o estrangeiro. Isso vem, sem dúvida, da minha experiência da Ocupação. Quando adolescente, eu sentia que estava separado de meu próprio país, e com o tempo isso foi se acentuando. Passeando pelo Egito, reconheci a parte de egípcio que havia em mim e que eu fora incapaz de identificar antes. A mesma coisa aconteceu em outros lugares: a parte de americano, de japonês, de chinês. Isso, às vezes, não era sem surpresas, nem sem dor. Eu precisava mergulhar para socorrer esses náufragos que me acenavam e me lançavam em todos os tipos de buscas, das quais apenas algumas chegavam a algum lugar.

MB – O senhor escreveu particularmente sobre Édouard Boubat, de quem Marie-Jo se aproxima sob certos aspectos...

MB – É bem interessante isso! Eu não havia pensado, mas é verdade.

MV – Que definição o senhor daria da fotografia humanista?

MB – Digamos que é a fotografia em que sentimos que o fotógrafo gosta das pessoas que estão em sua foto. Isso é muito forte em certas fotografias de Boubat e também – você tem razão – nas de Marie-Jo, sobretudo naquelas em que há crianças.

MV – As suas próprias fotos em *Archipel de lucarnes* [*Arquipélago de lucarnas*] testemunham de um mesmo olhar, ao mesmo tempo benévolo e com certo distanciamento?

MB – É exatamente isso: benévolo, eu espero, e com certa distância. Há muitos fotógrafos que me fotografaram. Há aqueles que chegam com todo o equipamento: projetores, telas metálicas, etc. Eu não gosto nada disso, mas tento, apesar de tudo, agradá-los. Em geral, o resultado não me agrada. Os fotógrafos de que gosto são aqueles que me fotografavam sem que eu perceba. Eles estão ali, e sei que estão para me fotografar. Conversamos sobre uma coisa ou outra. De tempos em tempos, eles vão me dizer: "Você quer olhar para mim, virar a cabeça para a direita, aproximar-se da janela..." Eles não me incomodam ao tirar fotografias, pelo contrário. Portanto, gosto muito dos fotógrafos que não perturbam aquilo que olham – ou que, se perturbam, conseguem fazer alguma coisa daquilo. Em *Archipel de lucarnes*, há uma fotografia de um pequeno porto da Sicília onde há crianças que me *veem*. Simplesmente assim. E isso é muito bom. Por outro lado, um dos ideais do fotógrafo é tornar-se invisível, é ser Asmodeus: ele está ali e vê justamente o que os outros não veem, porque estes, por sua vez, perturbam. É evidente que sempre perturbamos alguma coisa, porém, podemos fazê-lo de maneira mais ou menos fina, mais ou menos delicada. Algumas vezes, provocamos uma composição.

MV – Nessa obra, a maioria das cenas fotografadas é vazia de presença humana. Isso é deliberado? A que se deve essa atração?

MB – Há presenças humanas, mas, com efeito, há muitas fotografias vazias, em que não há pessoas. São, na maior parte do tempo, fotografias de monumentos, de cidades ou de detalhes de construções. Isso se deve ao fato de que eu tinha muito tempo para trabalhar nessas fotografias. É um pouco como as fotografias de antigamente, um pouco como nas fotos de Eugène Atget, em que não há ninguém, porque até mesmo as pessoas que passavam eram invisíveis, pois o tempo da pose era muito longo.

MV – Outras fotos, mais raras, que se reportam quase todas à América, mostram transeuntes ou pessoas assentadas, geralmente idosas (em São Francisco[5]), como uma tensão entre o movimento da modernidade e uma certa imobilidade, até mesmo uma paciência. O senhor poderia comentar isso?

---

5 Cf. BUTOR. *Archipel de lucarnes*, p. 78, 79 e 80.

MB – Vejo, com efeito, fotografias de Nova York ou de São Francisco, onde há pessoas que se movimentam rapidamente, mas tal movimento é interrompido pela foto. A maneira pela qual o movimento é interrompido faz com que o sintamos em maior ou menor grau, mas essa imobilização faz com que haja o que você diz: uma espécie de paciência. Há pessoas que passam e pessoas que estão imóveis: pessoas que estão dormindo, por exemplo, e a fotografia enfatiza as duas coisas ao mesmo tempo, o lado passageiro, a impermanência, a paciência, o fato de haver pausa, tudo isso em oposição ao instantâneo. A fotografia faz aparecer essa imobilidade. As pedras, como as pessoas, são mais ou menos imóveis. Há pessoas que sabem ficar imóveis; há outras que não sabem, que não conseguem, que são agitadas demais. Esse jogo entre a mobilidade e a imobilidade é alguma coisa que, certamente, me toca muito.

MV – No fundo, não seria a solidão que o senhor fotografa?

MB – Algumas vezes, sim. Outras vezes, fotografei pessoas que estavam solitárias, embora em meio à multidão. Depois, quando tirava minhas fotografias, nessa época já distante, eu estava sempre sozinho. Quando Marie-Jo tirava suas fotos, ela estava sempre comigo. É totalmente diferente. Quando eu tirava as minhas fotos, mesmo já estando casado ao final, eu estava sozinho, ou quase. É verdade que eu mesmo tirei fotos de Marie-Jo, não muito boas, não muito bem-sucedidas. Exceto isso, eu me encontrava só ao fotografar, e eu fotografava a minha solidão, no cenário em que eu me encontrava.

MV – E a velha Romana?[6] O que ela está esperando? Sobre o que ela se interroga?

MB – Naturalmente, nada sei sobre isso. Imagino que ela tivesse um encontro com uma de suas filhas ou netas. Ela procurava encontrá-la na saída de uma das ruelas da Praça Saint--Ignace, que se parece com um teatro. Talvez fosse ao mercado, algumas ruas mais adiante. Será que ela a viu? Não a viu? Ela ou ele. Ainda não há inquietude, em todo caso. É preciso dizer que eu gosto muito das senhoras idosas. Gosto muito das avós. Nathalie Sarraute, por exemplo, era uma mulher que eu achava bela, sobretudo nos últimos anos de sua vida: ela estava cheia de rugas, ela era magnífica.

---

6 Cf. *ibid.*, p. 28.

MV – É um tema convencional, claro, mas fiquei surpresa também pela presença das crianças, sobretudo em suas fotos da Itália[7] e da Espanha,[8] onde elas estão sós; mas também as de Nova York,[9] onde estão com os adultos. O senhor notou ali uma diferença de infância, em termos de civilização?

MB – Isso eu não sei. Seria preciso pedir a Michel Butor para comentar minhas fotos. Digamos que eu gosto das mulheres idosas e que gosto também das crianças. Muito mesmo.

MV – Há uma diferença nítida entre os seus clichês de Paris e os de Nova York, que dão uma importância particular ao empilhamento e à verticalidade, e aqueles do Mediterrâneo, nos quais dominam os jogos de luz: uma simples diferença entre a Cidade e o Sol?

MB – É antes de tudo uma diferença de luz. O sol não é o mesmo em Paris ou à beira do Mediterrâneo. As sombras são muito mais claras na Espanha ou no sul da Itália, ao passo que em Paris o sol é sempre poeirento.

MV – Em suas fotos da Inglaterra, o senhor joga igualmente com as sombras, mas a luz ali é mais suave, menos brilhante. Elas me parecem ter uma tonalidade melancólica.

MB – É a melancolia inglesa, o *spleen*. Eu estava muito só na Inglaterra. De vez em quando eu tentava desencaminhar alguns colegas a fim de levá-los para ver as catedrais, mas eles não tinham por elas a mesma paixão que eu... Consegui uma ou duas vezes, no mais, eu ia procurar a Idade Média inglesa sozinho...

MV – Voltemos à verticalidade, se o senhor me permite. De início, ela é ou realçada[10] ou posta em relação com a horizontalidade.[11] Ao mesmo tempo, não posso me impedir de

---

7 *Ibid.*, p. 18.
8 *Ibid.*, p. 37 e 39.
9 *Ibid.*, p. 70, 73 e 79.
10 *Ibid.*, p. 7, 9, 12, 56, 63, 75.
11 *Ibid.*, p. 12, 28, 30, 47, 73.

pensar que o seu olhar está, essencialmente, à procura da perspectiva e do oblíquo.[12] O que o senhor pensa disso?

MB – Não sei. É certo que fiz muitas fotos em Nova York, onde o vertical se torna oblíquo porque o vertical, se ele for suficientemente alto, não o vemos como tal, a não ser de muito longe. O edifício se mexe, em suma. Quando se está em uma floresta, a cada passo as árvores se mexem umas com relação às outras, em nosso olhar. É exatamente a mesma coisa nas ruas de Nova York.

MV – E a curva? Ela é mais rara, mas capital: não tanto aquelas das cúpulas e dos vãos de portas e janelas, que são um simples produto da arquitetura, mas sobretudo aquela que vem acompanhar o chão...[13]

MB – Ah, sim. Lembro-me particularmente do lajeamento.

MV – Em que essa curva lhe agrada?

MB – Gosto muito das linhas retas e igualmente das linhas curvas. As curvas são mais sensuais e, as retas, mais intelectuais.

MV – Em algumas de suas fotografias (tenho vontade de dizer em todas), há um trabalho feito sobre a matéria, a tal ponto que certos clichês propõem algo de abstrato.

MB – O que significa que, de início, não sabemos o que é fotografado, tem-se um olhar diferente sobre o objeto. Sim, eu procurei muito isso.

MV – A imagem perde o seu valor documentário, ilustrativo, para se tornar uma imagem mais próxima do sonho, do imaginário, de uma imagem do inconsciente.

---

12 Os exemplos encontram-se nas fotos das páginas 6, 8, 24, 43, 57, 67, em especial. *Ibid.*
13 *Ibid.*, p. 21, 73, 76.

MB – Oh, não! Ela é um documento, uma ilustração de outra coisa, de um outro nível.

MV – Persisto na ideia de uma imagem que poderíamos chamar "imagem-ficção" por tudo aquilo que ela conta ou, em todo caso, por tudo que podemos lhe atribuir.[14] O que o senhor pode nos dizer sobre isso?

MB – Penso que podemos falar de fotografia "abstrata" quando não identificamos imediatamente o seu tema. Assim, uma fotografia cujo tema é imediatamente identificado, na qual se vê claramente um edifício, árvores, pessoas, e que podemos chamar "figurativa", isso pode ter uma potência de sonho muito forte. A distância que podemos tomar com relação a esse reconhecimento rápido faz com que haja uma espécie de abertura que se opera no tema, precisamente: o tema se torna uma espécie de enigma, em cujo interior o sonho é tragado. Um comunica totalmente com o outro.

MV – Não sei bem por que, mas me parece que há uma relação entre o anjo de *Alchimigramme* e o que o senhor escreve no fragmento "À l'écart" em *L'Atelier de Man Ray*: "ninguém sobe mais aqui, a não ser algum visitante tentando captar a luz, estendendo as suas armadilhas ao tempo que passa, sem tocar em nada, (...) como se ele fosse invisível, impalpável, como se fosse ele o fantasma, obsessão à espreita."[15] De que fantasma(s) e de que anjo(s) se trata?

MB – No ateliê de Man Ray havia o fantasma de Man Ray. Todos os objetos haviam lhe pertencido. Era a sua vida que estava condensada naquilo tudo, em toda aquela circulação entre fotografias dele e os objetos que ele havia fotografado. Quando Juliette Man Ray estava ali, no meio daquele ateliê, era ainda mais forte. O fantasma de Man Ray assombrava todo o seu ateliê, que agora se encontra destruído. O fotógrafo que vinha ao ateliê de Man Ray, no caso, Maxime Godard, não queria tocar nos objetos, tendo um respeito quase religioso pelo modo como estavam dispostos, pela maneira como permaneceram no lugar. Eu falava há pouco do fotógrafo que se torna invisível: ali, ele era particularmente invisível,

---

14 Cf., em particular, as fotografias das páginas 6, 21, 27, 57. *Ibid*.
15 BUTOR. L'Atelier de Man Ray, p. 1.132.

visto que, para encontrar o fantasma de Man Ray, ele se transformava, ele próprio, em fantasma. Quanto ao anjo de *Alchimigramme*, não me lembro mais. Escrevi esse texto para um fotógrafo belga, Pierre Cordier, que trabalha com química: ele faz imagens com papel fotográfico, mas sem utilizar câmera, máquina fotográfica, na maior parte do tempo. Com seus produtos químicos ele faz coisas magníficas. Mas, o anjo, não me lembro quando ele aparece no texto. Os anjos me azucrinam um pouco porque tenho um nome de anjo e um nome de pássaro. Fui, portanto, levado a pensar muito sobre os dois.

MV – O fantasma, o anjo... É do senhor mesmo que se trata sempre.

MB – Evidentemente.

MV – A sua obsessão é o sublime?

MB – Pode ser! Talvez... Não sei. Isso depende do que chamamos sublime. É uma palavra perigosa. Mas, considerando a maneira que você a emprega, deve ser algo bom; eu concordo, então.

MV – *Un viseur dans la tête* [Um visor na cabeça] é a legenda feita para *Souvenirs photographiques* [Lembranças fotográficas]; seria o caso de dizer que a *Philosophie du polaroïd* [Filosofia do polaroide] é seu: "Ela pede a nossa ajuda, ela gruda em nossos olhos como em uma boia. Ela ressuscita transfigurando?"[16]

MB – Sim, totalmente.

MV – Em que a fotografia influenciou a sua escrita e reciprocamente?

MB – A fotografia que fiz outrora certamente influenciou muito a minha escrita. A questão do enquadramento era muito importante. No chamado *Nouveau Roman*, há uma influência muito forte do cinema e, em particular, do texto ligado ao cinema. Antes do filme, há toda

---

16 BUTOR. Philosophie du polaroïd, p. 1.163.

uma arquitetura de textos, das camadas de textos superpostas: inicialmente, do livro de onde é tirada a adaptação, se for uma (*La guerre et la paix*, por exemplo), em seguida o script (uma redução considerável do texto de origem ou de um texto original), depois o recorte (no qual o diretor tenta prever sequência por sequência o que ele vai filmar) e, por fim, os diálogos (quando estes estão escritos). O que me interessa aqui é o recorte, que é muito próximo das descrições do *Nouveau Roman*. Não sei se eles tiveram consciência desse ponto. Ora, a fotografia pode ser considerada como um momento de recorte, o que exerceu uma influência considerável sobre minha própria escrita. Agora, saber se a minha escrita influenciou a fotografia, não posso dizer nada sobre isso. Seria preciso perguntar aos fotógrafos, sobretudo àqueles com quem trabalhei. Será que minha escrita influenciou a fotografia de Marie-Jo? Não sei dizer. Minha presença, sim, influenciou consideravelmente, mas minha escrita, nem tanto. Não passava absolutamente pela sua cabeça que eu fosse escrever um texto sobre suas fotos. Ela não fotografava com essa intenção, primeiramente porque ela não sabia de forma alguma quais fotos suas íamos escolher. Não acho que ela antecipasse isso. Pode ser que tenha acontecido com outros fotógrafos, que teriam sido influenciados pelo que escrevi, a propósito da fotografia ou outra coisa qualquer. É possível, mas, realmente, não sei nada sobre isso.

MV – Muito obrigada.

Lucinges, sábado, 26 de março de 2011.

Tradução
Yolanda Vilela
Universidade Federal de Minas Gerais / Fapemig

Referências

BUTOR, Michel. "Poésie et photographie", para André Villiers, *Sud*, hors-série, p. 62-65, 1984. (Incluído em Michel Butor, *Œuvres complètes*, t. X, p. 1.164-1.167).

BUTOR, Michel. "Alchimigramme", para Pierre Cordier, Éditions de l'Écart, 1991. (Incluído em Michel Butor, *Œuvres complètes*, t. X, p. 1.121-1.124).

BUTOR, Michel. "L'Œil de Frère Jean", em *L'Œil de Frère Jean*, com Bernard Plossu, Abbaye de Seuilly, 1993. (Incluído em Michel Butor, *Œuvres complètes*, t. X, p. 1.136-1.148).

BUTOR, Michel. "Les relations de la voyante", em *L'Artiste dans son cadre*, com fotografias de Denise Colomb, Argraphie, 1993. (Incluído em Michel Butor, *Œuvres complètes*, t. X, p. 1.149-1.160).

BUTOR, Michel. *L'Embarquement pour Mercure*, com fotografias de Denis Roche. *Carnet de Voyages*, n. 4, 1996.

BUTOR, Michel. *Archipel de lucarnes*. Neuchâtel: Ides et Calendes, 2002.

BUTOR, Michel. "Du monochrome en photographie", em *Natures mortes 1997-2003*, com fotografias de Gérard Lüthi, Neuchâtel, Ides et Calendes, (coll. "Photoarchives"), 2004. (Incluído em Michel Butor, *Œuvres complètes*, t. X, p. 1.125-1.128).

BUTOR, Michel. "L'Atelier de Man Ray", em *L'Atelier de Man Ray*, com fotografias de Maxime Godard. [S.l]: Éditions Dumerchez, 2005. (Incluído em Michel Butor, *Œuvres complètes*, t. X, p. 1.129-1.135).

BUTOR, Michel. "Philosophie du polaroïd", em *Philosophie du polaroïd*, precedido de "L'Image impossible" por Joël Leick, coll. "Mémoires éditions", 2007. (Incluído em Michel Butor, *Œuvres complètes*, t. X, p. 1.161-1.163.)

BUTOR, Michel. *Rétroviseur*, sobre fotografias de Marie-Jo Butor. Rouen: L'Instant Perpétuel, 2007.

BUTOR, Michel. *Œuvres complètes*. Paris: La Différence, 2009. t. X: Recherches.

BUTOR, Michel; ALLEMAND, Roger-Michel. *Michel Butor*: rencontre avec Roger-Michel Allemand. Paris: Argol, 2009. (coll. "Les Singuliers")

DIDEROT, Denis. Salon de 1767, "Vernet", *Œuvres, Esthétique-Théâtre*. Paris: Robert Laffont, 1996. t. IV. p. 594-630.

LUTZ, Philippe (Éd.). *Michel Butor: un viseur dans ma tête*, catálogo da exposição "Michel Butor et ses photographes", Médiathèque de Sélestat, 8 oct.-30 nov. 2002, (Incluído em BUTOR, Michel. *Œuvres complètes*, t. X, p. 1.168-1.179).

Bibliografia selecionada

Exposições recentes das obras de Marie-Jo Butor

Marie-Jo Butor et Pierre Leloup, Amiens, mai-juin 2011.
L'Atelier de Michel Butor, Paris, Maison de la Poésie, 16 avril-27 juin 2009.
Cent livres d'artistes avec Michel Butor, Lucinges, 29 mai-28 juin 2009.
La photo, art de la mémoire, Tours, 1er décembre 2007-12 janvier 2008.
Opération Marrakech, Amiens, DRAC de Picardie, Chapelle des Visitandines, 17 janvier-22 février 2007, Cadastre8zéro éditeur.
Le livre dans tous ses états, Chambéry, Cité des Arts, 5-23 mars 2007.
13 artistes autour de Michel Butor, Aix-les-Bains, Musée Faure, 10 février-3 avril 2006, Catálogo editado pela Société d'Art et d'Histoire de Aix-les-Bains, *Arts et Mémoire*, n. 37, jan. 2006.
Michel Butor avec 18 artistes, Lucinges, 8-9 février 2003.
Michel Butor, Georges Badin exposent, Cavalaire, juillet 2003.
Quarante-trois artistes avec Michel Butor, Conservatoire d'Art et d'Histoire d'Annecy, 25 janvier-24 mars 2002, Éditions Comp'Act.
Michel Butor et ses photographes, 8 octobre-30 novembre 2002.

Publicações de Marie-Jo Butor

Paysages en poésie, em Jeanine Einaudi-Theunissen, Wasserburg, 2009.
"Cent instants japonais photographiés par Marie-Jo Butor", em *Bianco e nero, nero su bianco*: *tra fotografia e scrittura,* Bruna Donatelli (Éd.). Naples, Liguori, 2005.
"Gîtes: fragments d'un entretien de Marie-Jo Butor avec Claudine Fabre-Cols", *Butor aux quatre vents*, Paris, José Corti Éditeur, 1997, p. 175-181.

Colaborações editorias entre Michel Butor e Marie-Jo Butor

Rétroviseur, sobre fotografias de Marie-Jo Butor, Rouen, L'Instant Perpétuel, 2007.
"Michel Butor et Marie-Jo Butor: 56 photographies. Le voyage de l'écriture", em *Michel Butor dialogue avec les arts*, Château de Maintenon, 2006, p. 15-21.

Entre les vagues, Nice, Éditions Main d'Œuvre/Jane Otmezguine, 2004.
Dialogue avec Arthur Rimbaud sur l'itinéraire d'Addis-Abeba à Harar, Coaraze, Éditions L'Amourier, 2001.
Lettres sur la Chine, Nice, Éditions Jane Otmezguine, 2001.
"Escales visuelles", *La Besace à poëmes*, número especial dedicado a Marie-Jo Butor, maio 2001.

Esta publicação foi realizada graças ao apoio da Fapemig - Fundação de Apoio à Pesquisa do Estado de Minas Gerais, no âmbito dos projetos "Jogos especulares nas narrativas contemporâneas" e "Descrição/Inscrição: variações sobre a escrita e a imagem", desenvolvidos pela organizadora deste livro.

Parte do conjunto fotoliterário aqui publicado foi apresentado ao público no Centro de Cultura Belo Horizonte, no período de 4 a 28 de outubro de 2011, na exposição *Michel e Marie-Jo Butor: universos paralelos*, com curadoria de Myriam Villain e concepção visual de Philippe Enrico, por meio de parceria entre a Fundação Municipal de Cultura (Prefeitura Municipal de Belo Horizonte) e a Faculdade de Letras da Universidade Federal de Minas Gerais. Com o apoio da Fapemig, do Centro de Extensão da Faculdade de Letras da UFMG, da Ville d'Hyères-les-Palmiers e do Programa de Pós-Graduação em Arte e Tecnologia da Imagem da Escola de Belas Artes da UFMG, a exposição foi organizada por Márcia Arbex, Philippe Enrico, Maria do Carmo Freitas Veneroso, Maria Juliana Gambogi Teixeira e Yolanda Vilela.

A exposição integrou as manifestações culturais do Colóquio Internacional "O Universo Butor", realizado na UFMG de 24 a 27 de outubro de 2011. (<www.letras.ufmg.br/universobutor2011>).

Nosso especial agradecimento a Michel Butor, Roger-Michel Allemand, Philippe Enrico e Alice Arbex Enrico.

Agradecemos ainda as agências de fomento e nossos parceiros na organização do colóquio: Faculdade de Letras da UFMG, Programa de Pós-Graduação em Estudos Literários da UFMG, Conservatório da UFMG, Coordenação de Aperfeiçoamento de Pessoal de Nível Superior - CAPES, Fundação de Amparo à Pesquisa do Estado de Minas Gerais - FAPEMIG, Serviço de Cooperação e Ação Cultural da Embaixada da França - SCAC-BH, Bureau du livre de l'Ambassade de France au Brésil, Institut Français, TV5 e TAP Portugal.

Esta edição foi composta na fonte Minion Pro e impressa em papel couchê fosco 170g (miolo) e supremo 300g (capa) pela Gráfica Lastro em outubro de 2011.